Marina S. Pirner

TEEPAUSEN

IN

ISTANBUL

Über Gastfreundschaft

und

Kontaktfreudigkeit

Kurzgeschichte

Komşuda pişer, bize de düşer.

Wenn beim Nachbarn gekocht wird,
fällt auch etwas für uns ab.

Türkisches Sprichwort

Marina S. Pirner

TEEPAUSEN

in

ISTANBUL

Über Gastfreundschaft

und

Kontaktfreudigkeit

Kurzgeschichte

Bibliografische Information der Deutschen Nationalbibliothek:
Die Deutsche Nationalbibliothek verzeichnet diese Publikation in der
Deutschen Nationalbibliografie; detaillierte bibliografische Daten sind
im Internet über http://dnb.dnb.de abrufbar.

TWENTYSIX – Der Self-Publishing-Verlag
Eine Kooperation zwischen der Verlagsgruppe Random House und
BoD – Books on Demand

Herstellung und Verlag:
BoD – Books on Demand, Norderstedt

ISBN: 978-3-740-72773-4

Fotografien: **Mehmet Kadir Çetin und Marina S. Pirner**

Inhaltsverzeichnis

Prolog   7

Istanbul   11

Wieder daheim   27

Die asiatische Seite   29

Und ewig lockt ...   43

Danke und viele Grüße nach Istanbul

an

Mehmet Kadir Çetin.

Ebenso bedanke ich mich bei Özdemir

und

Kendini Bil.

Die Namen aller handelnden Personen wurden geändert.

PROLOG

Sonntagnachmittag in Deutschland.

Es war ein Tag im August und angenehm warm.

Ich lief durch die Straßen meiner Heimatstadt. Sie schien wie ausgestorben – keine Spaziergänger oder spielenden Kinder waren zu sehen.

Die Atmosphäre erzeugte in mir Unbehagen und bedrückte mich.

Man hörte auch nichts. Keine Musik, keine Stimmen und kein Kinderlachen drang aus den geöffneten Fenstern.

Die Gebäude wirkten unscheinbar.

Ich kannte jeden Platz und jede Straße.

Ich setzte mich in ein Café und kam wieder – wie schon seit Jahrzehnten – mit den Menschen nicht ins Gespräch.

Es war nichts Neues für mich.

Nur ein Flugzeug Richtung Süden bewirkte bei mir ein kurzes, jedoch intensives Glücksgefühl. Ich sah in den blauen Himmel und betrachtete den Kondensstreifen.

Die Stimmung in der Stadt schlug mir aufs Gemüt und löste in mir ein Gefühl der Beklemmung aus. Von einer Sekunde

zur anderen wollte ich aus dieser Trostlosigkeit ausbre-
chen. Ich benötigte neue Eindrücke und hatte das dringen-
de Bedürfnis nach Tapetenwechsel. Doch so schnell konnte ich die Stadt nicht verlassen, denn es warteten noch viele Termine und wichtige Erledigungen auf mich.

Beinahe panisch lief ich mit schnellen Schritten in meine
Wohnung, um mich von der Eintönigkeit dieser Stadt zu erholen.

Daheim fiel mir ein Satz meiner Großmutter ein, den sie oft
gesagt hatte: „Istanbul ist eine interessante Weltstadt!"

ISTANBUL

Wie angewurzelt und mit halb offenem Mund stand ich vor dem Ausgang des Atatürk-Flughafens. Interessiert beobachtete ich die Menschen verschiedener Nationalitäten und hörte den unterschiedlichen Sprachen zu.

Eine ganz andere Welt …

Anschließend stand ich angespannt vor dem Fahrkartenautomaten der Metro und hatte keine Ahnung, welches Ticket für mich in Frage kam.

Mein Ziel war das Stadtviertel Sultanahmet.

Ein Istanbuler bemerkte meine Ratlosigkeit und nahm mich mit seiner Fahrkarte umsonst zur Haltestelle Zeytinburnu mit. Dort angekommen, fuhr ich mit einem anderen Einheimischen mit der Tram nach Sultanahmet.

Diese Freundlichkeit und selbstverständliche Hilfsbereitschaft der beiden überraschte mich. Das war ich in meiner Heimatstadt nicht gewohnt.

Ich wollte kein Taxi nehmen und lief durch das Stadtviertel Kadırga zu meiner Unterkunft. Dann stand ich vor der Pension, die sich in einem stimmungsvollen Jugendstilhaus befand. Blitzschnell packte ich in dem gemütlichen, urigen Zimmer mit Erker ein paar Utensilien aus meinem Koffer und verließ sofort die Pension.

Nach zehn Metern verstreute ich vor einer Gruppe Straßenkatzen eine Portion Trockenfutter. Als ich weiterging, sah ich, dass beinahe in jeder Straße Näpfe mit Wasser und Futter für die Katzen bereitstanden.

Ich überquerte den Kadırga-Park und sog begierig die neuen Eindrücke auf. Aus einem Geschäft drang melancholische Musik, die mir unter die Haut ging.

Nach einigen Metern blieb ich unentschlossen vor einem roten Haus, einem Sportclub, stehen und überlegte, welche Richtung ich einschlagen sollte.

Plötzlich hörte ich eine männliche, auffallend angenehme Stimme: „Can I help you?“

Ich drehte mich um und sah eine Gruppe von Männern an einem Tisch sitzen. Ein Mann mit Sonnenbrille und Pferdeschwanz winkte mich heran. Ich wollte auf Englisch antworten, doch der Mann sprach fließend Deutsch. Ich gab ein paar Brocken Türkisch von mir und er sagte: „Otur!“ („Nimm Platz!“).

Ich setzte mich an den Tisch und ein anderer Gast bestellte Çay für mich. „Ich weiß nicht, in welche Richtung ich laufen soll", sagte ich.

„Trink erst mal einen Çay", antwortete Timur, der Mann mit dem Pferdeschwanz. Wir waren uns auf Anhieb sympathisch.

Er war in Hamburg aufgewachsen und hatte dort elf Jahre mit seinen Eltern gewohnt.

Wie ich es schon früher in der Türkei erlebt hatte, sangen zwei Gäste spontan ein gefühlsbetontes Lied.

Die Möwen kreischten in der Luft und der Muezzin rief zum Vorgebet in der gegenüberliegenden Moschee auf.

Timur erklärte mir den Weg zu den wichtigsten Sehenswürdigkeiten der Stadt und ich verabschiedete mich von der geselligen Runde.

Seit diesem Tag traf ich mich täglich mit Timur zum Frühstück und abends zum Teetrinken im Sportclub. Bis zum Tag meiner Abreise war ich fester Bestandteil des Sportvereins.

Unter den Gästen befand sich ein Mann im Rollstuhl. Seine Freunde kümmerten sich abwechselnd um ihn; sie trugen ihn die Treppen in seine Wohnung hoch, machten Einkäufe und Erledigungen für ihn und kochten gemeinsam. Sie unterstützten Tuncay im Alltag und auf diese Weise war er vom sozialen Leben nicht ausgeschlossen.

Timur lud mich zum Abendessen in Tuncays Wohnung ein. Ich kenne die Männer erst kurze Zeit; manchmal bin ich etwas naiv und zu vertrauensselig, dachte ich. Ich wusste aber auch, dass es in der Türkei selbstverständlich ist, Fremde spontan einzuladen und dass Freunde ihre Freunde oder neue Bekannte ohne Vorankündigung zum Essen mitbringen konnten.

Tuncay wohnte in einem gemütlichen, schmalen Holzhaus in der Altstadt. Schon vor der Wohnungstür drang der gute Duft des Essens in meine Nase. Ich zog an der Tür meine Schuhe aus und wurde von allen Anwesenden herzlich begrüßt. Eine Nachbarin von Tuncay bereitete Nudelauflauf mit Käse und Joghurt zu.

Nach dem Essen spielte Timur auf der Bağlama, einer Langhalslaute, anatolische Volkslieder.

Obwohl ich die Leute kaum kannte, fühlte ich mich in der Gemeinschaft gleich angenommen.

Ich stellte fest, dass ich mit den Einheimischen von Istanbul sehr schnell ins Gespräch kam.

Die Leute waren aufgeschlossener und geselliger im Vergleich zu den Menschen in meinem Wohnort.

Bereits nach ein paar Tagen in Istanbul veränderte sich meine Stimmung schlagartig.

Zwei Tage später lud uns Timur zum Abendessen zu sich nach Hause ein. Als Gastgeschenk überreichte ich seiner Frau Selma Halva.

Das Zusammentreffen mit Familie, Freunden, Bekannten und Nachbarn genießt man in der Türkei in Verbindung mit gemeinsamen Mahlzeiten.

Nach dem reichhaltigen Essen brachten mir Timur und Tuncay das Legespiel Okey bei. Das Spiel mit den hölzernen Spielsteinen ist in der Türkei äußerst beliebt. Man sieht sehr oft, wie Einheimische vor ihrem Geschäft und vor Lokalen in das Spiel vertieft sind.

Schon seit Jahren spielte ich mit dem Gedanken auszuwandern, denn ich fühlte mich mit meinem Zuhause nicht verbunden. Ich stellte mir vor, wie es wäre, wenn ich dauerhaft in Istanbul leben würde. Die Leute gaben mir zu verstehen, dass ich im Falle eines Umzuges in die Stadt jederzeit Hilfe von ihnen bekommen würde: „Wir helfen dir – angefangen beim Möbeltransport bis hin zum Streichen der

Wände“, sagte Selma zu mir.

Die Stadt gefiel mir so gut, dass ich mir ein Leben in Istanbul bis ins kleinste Detail ausmalte.

Ein paar Meter vom Sportclub entfernt entdeckte ich zwischen Häusern, hinter einem Eisengitter, einen kleinen, grünlich beleuchteten, mystisch anmutenden Friedhof. In der Dunkelheit sah ich die gelbgrünen, funkelnden Augen mehrerer Katzen. Auf dem Weg in meine Pension blickte ich jede Nacht durch den Eisenzaun in den Friedhof hinein und beobachtete die leuchtenden Augen der Katzen neben den Grabsteinen.

Die verschiedenen Gesichter Istanbuls ließen mich den grauen Brei meines Wohnortes schnell vergessen. Das Unübersichtliche und die Lebendigkeit der Stadt waren genau das Richtige für mich.

Während ich mich mehrere Male verlaufen hatte, halfen mir die Istanbuler gerne weiter.

Inmitten des Trubels lagen Straßenhunde, mit Knöpfen in den Ohren, vollkommen entspannt auf den Gehwegen und wurden von den Touristen fotografiert. Ich erfuhr, dass die Hunde mit den Marken in den Ohren geimpft und kastriert waren.

Wie in jeder Stadt erweckten auch in Istanbul die Häuser, speziell die Altbauten, meine Aufmerksamkeit. Nach jeder Ecke tauchten andere Baustile auf. Besonders die altehrwürdigen Holzhäuser aus osmanischen Zeiten mit ihren schön verzierten Erkern und den Schnitzereien an den Brüstungen der Balkons zogen mich in den Bann.

Ebenfalls gefielen mir die Jugendstilbauten und die Häuser im traditionellen türkischen Stil mit den Erkern und bunten Häuserfassaden.

Einen Tag später lief ich durch die verwinkelten Gassen in Fatih, dann durch die Eisenbahnunterführung und überquerte anschließend die Hauptstraße zum Marmarameer.

Ich ließ mich in einem kleinen Restaurant am Wasser nieder und beobachtete die vielen, wohlgenährten Katzen, die vor dem Lokal saßen und von einer Frau mit Fischen gefüttert wurden.

Nachts spazierte ich durch das Ausgehviertel im historischen Stadtteil Kumkapı. Zwischen den weiß gedeckten Tischen der voll besetzten Restaurants liefen Musiker durch die Tische und einige Gäste tanzten zu der traditionellen Folkloremusik.

In den Menschenmengen fühlte ich mich pudelwohl. Doch

auch die engen, ruhigen Gassen, die zu meiner Pension führten, hatten ihren Charme.

In der großen und spannungsreichen Stadt erwachten meine Lebensgeister wieder. Nach meinen ausgiebigen Streifzügen durch die interessante Stadt setzte ich mich jede Nacht in der Nähe meiner Pension auf die Vorstufen der Häuser und fütterte die Katzen. Die Geschäftsleute bedankten sich bei mir.

Ein paar Häuserblocks weiter befand sich ein Friseurgeschäft, in dem ich mir die Haare schneiden ließ. Ich beneidete den Besitzer um seine lockigen, langen Haare, die aus seinem roten Bandana-Kopftuch hervorquollen.

In seinem Salon gab ich ihm einen Tipp für seine Schaufenstergestaltung, den er prompt in die Tat umsetzte.

Erschrocken über mein Verhalten, war mir die Situation nun peinlich, da es mir nicht zustand, Fremden Ratschläge zu erteilen und ich entschuldigte mich.

„Das ist doch O.K.", erwiderte er.

Wie so oft in einer unbehaglichen Situation, musste ich wieder einmal schallend lachen. Tekin, der Kuaför, stimmte mit ein. Unser Lachen war so laut, dass die Inhaber des gegenüberliegenden Geschäftes schmunzelnd zu uns herübersahen.

Als ich Tekin am übernächsten Tag besuchte, hörten wir plötzlich laute Stimmen auf der Straße. Wir beobachteten auf der anderen Straßenseite vier Männer, die aufgrund des engen Abstandes mit dem Auto nicht mehr aus der Parklücke kamen. Sie hupten und warteten auf den Eigentümer des Autos. Da er nicht reagierte, hoben sie den Wagen ein Stück auf die Straße. In diesem Moment erschien der Besitzer des Autos und es begann eine hitzige, lautstarke Diskussion, untermalt mit vielen Gesten.

Ich erkannte, dass die Leute, ähnlich meinem Naturell, temperamentvoll und spontan waren.

Die Auseinandersetzung hörte sich äußerst emotional an, doch kurz darauf lachten alle und verabschiedeten sich mit Küsschen auf die Wangen.

Wie schön, dachte ich, solch unkonventionellen Aktionen ohne Bürokratie erlebe ich nicht oft.

Darüber hinaus war ich angenehm überrascht, dass in der Stadt nicht übermäßig viele Verbotsschilder aufgestellt waren.

Nach der interessanten Aktion brachte ein Teeverkäufer Çay für uns und Tekin holte eine Wasserpfeife aus dem Schrank.

Einen Tag vor meiner Abreise lud er mich in ein Derwisch-Lokal in der Nähe des Gülhane-Parks ein.

Am nächsten Tag suchte ich den Gülhane-Park im Stadtteil Fatih auf. Beim Anblick der riesigen Platanen und dem Wahrnehmen außergewöhnlicher Vogelstimmen bunter, kleiner Vögel mit roten Schnäbeln und dem Gekrächze grüner Papageien kam ich mir für ein paar Sekunden wie in einem Urwald vor. Ich schlenderte durch den geschichtsträchtigen, weitläufigen Stadtpark und betrachtete die farbenfrohe Tulpenpracht. Einige Besucher des Parks saßen auf Decken im Gras und picknickten.

Bei einem fliegenden Händler kaufte ich Wasser. Ich hatte auf Türkisch bestellt und er bedankte sich auf Deutsch. Ich hatte das Glück oder Pech, ständig auf Deutsch sprechende Einheimische zu treffen. Wie sollte ich so jemals perfekt Türkisch lernen?, dachte ich mir.

Der Mısır Çarşısı, auf Deutsch Ägyptischer Basar oder Gewürzbasar genannt, faszinierte mich und wurde zu meinem Lieblingsplatz, den ich fast täglich aufsuchte. Der Basar befindet sich im Stadtteil Eminönü in der Nähe der Galatabrücke und der Neuen Moschee. Er übte mit seinen schmalen, düsteren Gassen und den farbigen Verkaufsartikeln eine magische Ausstrahlung auf mich aus. Ich roch an duftenden Seifen und betrachtete die farbenprächtigen Hügel mit den Gewürzen, die getrockneten Früchte und exotischen Teesorten.

In einer engen Gasse, umgeben von bunten Lampen und dem Duft der orientalischen Gewürze und Parfums, fühlte ich mich wie in ein morgenländisches Märchen hineinversetzt. Das Flair des Basars hatte für mich etwas Sagenumwobenes an sich.

Neben einer kleinen Moschee in der Altstadt von Fatih gab es einen idyllischen Garten. Ein idealer Rückzugsort, an dem man sich bei einer Teepause von dem Großstadttrubel erholen konnte.

Auf dem Weg zu meiner Pension sah ich einen älteren Istanbuler, der vor einem Lokal saß und mit einem feinen Pinsel ein getrocknetes Laubblatt bemalte. Ich bestellte Çay und beobachtete ihn beim Malen.

Er hatte mehrere Jahre in Berlin verbracht und erzählte mir ein paar lustige Anekdoten aus seinem Leben.

Als ich mich nach der netten Unterhaltung verabschiedete, schenkte er mir ein gold-blau bemaltes Laubblatt mit der Aufschrift: Ich liebe dich.

WIEDER DAHEIM

Der Kulturschock in Deutschland war unvermeidlich.

Am Flughafen angekommen, setzte ich mich in der U-Bahn auf eine Bank. Penibel darauf bedacht, dass genügend Platz für die anderen Leute vorhanden war, stellte ich meinen Koffer ab. Trotzdem – aus welchen Gründen auch immer – zog ich von zwei Fahrgästen mürrische Blicke auf mich.

In meinem Wohnort zehrte ich mehrere Wochen von dem Aufenthalt in Istanbul, so dass ich sogar die farblose Stadt halbwegs ertrug. Doch dann erdrückte mich erneut die Eintönigkeit. Ich vermisste die quirlige Atmosphäre in Istanbul und die Lebensweise der Bewohner.

DIE ASIATISCHE SEITE

Die Maschine hatte Verspätung. Also würde ich erst eine Stunde vor Mitternacht in Istanbul landen, rechnete ich mir aus. Ich hatte mich nicht erkundigt, ob die Fähren auch nachts fahren, doch ein Istanbuler beruhigte mich.

Am Eminonu Pier angekommen, fuhr ich mit dem Fährschiff um ein Uhr nachts auf die asiatische Seite nach Kadıköy.

Ausgerechnet während des Ausstiegs aus der Fähre machte ein Rad meines Koffers schlapp. Es fiel ab und als ich den Koffer weiterzog, gab es ein schepperndes Geräusch, das aufdringlich durch die Gassen hallte.

Mehrere Leute blickten neugierig auf mich und den Koffer und drei Katzen ergriffen in panischer Angst kreischend die Flucht.

Endlich stand ich vor der Pension und trug den Koffer in das Haus, so dass die schlafenden Gäste nicht aufgeweckt wurden. Der Pensionswirt war noch wach und zeigte mir mein Zimmer.

Ich rief sofort Timur an und teilte ihm meine Anwesenheit in

SAT
MÜST
0535

Istanbul mit und wir verabredeten uns für den nächsten Morgen auf der europäischen Seite. Er zeigte mir seine neue Wohnung, die nur einen Katzensprung vom Ägyptischen Basar entfernt war, und lud mich ein, bei ihm und seiner Frau zu wohnen. Doch ich hatte schon im Voraus für die Pension bezahlt und versprach ihm, seine Einladung das nächste Mal anzunehmen.

Im Stadtviertel Kadıköy bemerkte ich kaum Touristen. Viele junge Leute und Studenten prägten die Atmosphäre des Stadtteils.

In der Nähe meiner Pension konnte man sich bei einem Vitamin Büfe frisch gepresste Säfte kaufen. Das Büfe enthielt eine üppige Auswahl an Obstsorten, die auf Wunsch gemischt wurden. Während meines Aufenthaltes probierte ich sämtliche Fruchtsaft-Variationen aus. Nach den morgendlichen Vitaminschüben fühlte ich mich für die Ausflüge durch die große Stadt gerüstet.

Unweit der Schiffsanlegestelle führte eine Gruppe den Volkstanz Halay auf. Der Rhythmus und die Klänge der Musik rissen mich mit und ich reihte mich in den Kreis der Tanzenden ein. Nach ein paar Minuten hatte ich die Schritte einstudiert.

Nach der Tanzveranstaltung kaufte ich einem pfiffigen, charmanten Jungen einen Haarkranz mit weißen Blumen ab. Wenig später schenkte mir ein Istanbuler einen blauen Blumenhaarkranz und wollte mit mir Çay trinken gehen. Ich lehnte ab, bereute dies aber kurz danach.

Mit der Fähre pendelte ich täglich zwischen dem westlichen und asiatischen Teil. Während einer Überfahrt mit dem Fährschiff zur europäischen Seite erspähte ich in der Nähe des Ufers einen Delfin, der hoch aus dem Wasser sprang.

Ich war seit acht Stunden auf den Beinen. Nach dem langen Streifzug durch die Stadt stolperte ich und verspürte einen stechenden Schmerz im Knöchel. Ich setzte mich am Sultanahmet-Platz gegenüber der Blauen Moschee auf eine Bank. Hoffentlich ist es nichts Ernsthaftes, sonst muss ich noch einen Arzt konsultieren. Dann wäre es mit den langen Touren durch die Stadt zu Ende, zerbrach ich mir den Kopf. Ich bemerkte, dass die Sohle meiner Sandale nur noch am seidenen Faden hing. Mit dem kaputten Schuh war das Weiterlaufen unmöglich und von den zwölf Lira, die sich noch in meinem Portemonnaie befanden, konnte ich mir keine neuen Schuhe kaufen.

Ich humpelte, bemüht nicht aufzufallen, mit einem Schuh über den Sultanahmet-Platz und steuerte auf ein luxuriöses Geschäft zu.

Vielleicht war die Angst, unangenehm aufzufallen, eine typisch deutsche Eigenheit?, überlegte ich.

Ich trat in den Laden und versuchte dem Inhaber mit meinen marginalen Türkischkenntnissen mitzuteilen, dass ich ein Klebeband für meinen Schuh benötige. Auf Deutsch antwortete er schmunzelnd: „Aber selbstverständlich." Wir lachten und der sympathische Geschäftsinhaber klebte ohne Umschweife den kaputten Schuh.

Nach getaner Arbeit verköstigte er mich in seinem Geschäft mit Baklava und Çay. Ich lagerte meinen Fuß auf einem Schemel und er gab mir ein kaltes Tuch, das ich über den angeschwollenen Knöchel legte.

Er erzählte über die Zeit, als er in Deutschland gelebt hatte. Doch selbst das Klebeband hielt die Sandale nicht zusammen, denn die Sohle war komplett durchgebrochen. Ich habe nur noch zwölf Lira in meiner Handtasche und kann keine Schuhe kaufen", sagte ich. „Ich laufe einfach barfuß weiter."

„Wissen Sie was", meinte er, „Sie suchen sich jetzt ein Paar

Schuhe aus und können in dieser Woche wieder kommen und dann bezahlen.“

„Das wäre mir aber peinlich“, gab ich zur Antwort und war gleichzeitig über seine Gutgläubigkeit überrascht.

„Kein Problem“, entgegnete er.

Verlegen suchte ich mir ein Paar handgemachte traditionelle, rote Lederschuhe aus.

Als die Schwellung des Fußes zurückging, bedankte ich mich für die Hilfe und Bewirtung und lief mit den neuen Schuhen zur Fähre.

Am nächsten Morgen brachte ich dem Ladenbesitzer das Geld und eine Schachtel Lokum.

Abends in Kadıköy setzte ich mich in der Rıhtım Caddesi auf eine Bank zu einer Frau. Sie sah mich an und sagte: „Sie haben die gleichen Augen wie ich.“ Sie erzählte, dass sie mit einem Kapitän einer Bosporus-Fähre verheiratet sei. Ich erfuhr von ihr, dass der Bosporus starken Strömungen und Gegenströmungen unterliegt, weil der Wasserstand im Schwarzen Meer höher ist als in der Ägäis.

Auf die Bank gesellte sich noch ein deutsch sprechender Istanbuler dazu und wir unterhielten uns zwei Stunden.

Anschließend wollte ich etwas abseits der Hauptstraße in

einem Lokal ein Glas Wasser trinken und mich frisch machen. Ich betrat ein Lokal, in dem nur Männer waren, und setzte mich an den Rand des Gartens. Nachdem ich etwas Katzenfutter an eine Katze verstreut hatte, erhielt ich sofort freundliche Blicke. Der Wirt zeigte mir zwei Katzen, die in seinem Haus wohnten. Die Straßenkatzen versorge er mit Futter und Wasser und falls erforderlich, fahre er ein paar Katzen wegen Bisswunden oder Entzündungen an den Augen zum Tierarzt, erzählte er mir.

Zwei Tage später bestellte ich in einem Lokanta Lahmacun und Ayran. Ich bemühte mich wieder einmal Türkisch ohne deutschen Akzent zu sprechen. Doch weit gefehlt!
Am Nebentisch saßen eine jüngere und eine ältere Frau. An ihren Blicken bemerkte ich, dass sie über mich sprachen. Die jüngere Dame winkte mich an ihren Tisch heran und bat mich auf Deutsch, Platz zu nehmen. Ich nahm mir sofort vor, noch mehr an meiner türkischen Aussprache zu feilen!
Wie es der Zufall wollte, stellte sich während des Gesprächs heraus, dass ihre Mutter in der gleichen Stadt und sogar im gleichen Stadtviertel wie ich lebte.

Hülya, ihre Tochter, hatte mehrere Jahre in Frankfurt gelebt. Sie lud mich spontan für den übernächsten Tag zum
Abendessen in ihre Wohnung ein.

Am Tag der Einladung zeigte sie mir ihre Wohnung und
führte mich danach auf den Balkon zu dem reich gedeckten
Tisch. Sie bewirtete ihre Mutter, eine Nachbarin und mich
mit Almsuppe, Auberginenpfanne mit Hackfleisch und
Schafskäse und verschiedenen Salaten.

Während des Essens trank Hülya ab und zu einen kleinen
Schluck Rakı und ich machte es ihr nach.

Vier Nachbarinnen unterhielten sich über ihre Einkäufe
über die Balkons hinweg und wünschten uns guten Appetit.
Nach dem Hauptgang verwöhnte uns Hülya mit saftigem
Grießkuchen.

Die türkische Küche ist dafür bekannt, dass sie sehr vielfäl-
tig und abwechslungsreich ist.

Hülyas Mutter beschäftigte sich schon seit vielen Jahren
mit Kaffeesatzlesen und bot mir an, einen Blick in meine
Zukunft zu werfen. Nachdem ich eine Tasse mit türkischem
Mokka ausgetrunken hatte, stellte Hülyas Mutter die Unter-
tasse auf den Tassenrand und drehte beides dreimal. Während sie den Kaffeesatz betrachtete, legte sie ihre Stirn in

Falten, schloss die Augenlider und schüttelte mehrmals mit dem Kopf. Ich rutschte nervös auf meinem Stuhl hin und her und rechnete mit dem Schlimmsten. Nach mehreren Minuten, die mir wie Stunden vorkamen, begann sie mit ihrer Weissagung: „Ich sehe zwei Symbole und zwar einen riesigen Berg und einen Stern. Das bedeutet, dass du viele Hürden und Schwierigkeiten auf dem Weg zum Ziel bezwingen musst. Doch der Stern daneben besagt, dass du die Hindernisse überwindest und dein Ziel erreichst", erklärte sie mir und zwinkerte mir zu. „Ich wünsche dir alles Gute für die Zukunft!"

Ich war erleichtert, denn ich hatte mir in meiner Fantasie schon einige unheildrohende Prophezeiungen ausgemalt.

Am übernächsten Morgen verließ ich gegen sieben Uhr die Pension. Um zu dieser frühen Morgenstunde nicht das halbe Stadtviertel mit meinem alten, ratternden Koffer aufzuwecken, hatte ich mir zwei Tage zuvor einen neuen besorgt.

Unterwegs zum Flughafen verfütterte ich den Rest des Trockenfutters an ein paar Katzen. Der Inhaber eines Teppichgeschäftes beobachtete mich und bat mich einzutreten. „Ich kann leider keinen Teppich kaufen", sagte ich.

„Kein Problem", antwortete er.

Ich zögerte ein paar Sekunden, doch dann betrat ich den Laden und stellte meinen Koffer ab.

Der elegant angezogene Geschäftsmann deutete auf einen Teppich und erklärte mir, dass sich bei verändertem Blickwinkel die Motive verwandeln. Ich war erstaunt!

Dann verschwand er in die Küche und kam mit zwei Tassen Sahlep wieder. Sahlep-Pulver wird aus wild wachsenden Orchideenwurzeln hergestellt. Genüsslich trank ich das heiße, köstliche Milchgetränk mit Kokosflocken und Zimt bis zum letzten Tropfen aus.

Er erzählte mir, dass Singen sein Hobby sei und zeigte mir ein Video auf YouTube von seiner Musik.

Auf einmal führte er mich auf den Teppich, der in der Mitte des Ladens lag, und ehe ich mich versah, tanzten wir unter dem Kronleuchter nach einem Stück aus seinem Liederrepertoire.

Vier Schulkinder blickten neugierig durch das Schaufenster in den Laden hinein und brachen in Lachen aus.

Um meinen Flug nicht zu versäumen, verabschiedete ich mich und wünschte ihm viel Erfolg mit seiner Musik.

UND EWIG LOCKT ...

Ich dachte noch lange an die Erlebnisse mit den kontaktfreudigen Einwohnern von Istanbul, deren Gastfreundschaft und Hilfsbereitschaft einen bleibenden Eindruck bei mir hinterlassen haben.

In der Stadt hatte ich in kurzer Zeit mehr Kontakte geknüpft als in Deutschland in einem Jahr.

In einem Lokal trank ich Çay und ließ die interessanten Erlebnisse noch einmal Revue passieren.

Ich überlegte: Mein Koffer wäre in nur zehn Minuten gepackt ...